KB031943

지은희
시집

카페거리에 그녀는 없다

지은희
시집

도서
출판 북인

2024

그리움이 길을 열어놓는다
강 어귀에 다다르려면 멀고
길은 아득하다
오래 가두었던 시어들이
첫 발자국 내딛는다

2024년 여름
지은희

차례

1부

나무계단

치악산과 나

산허리에 세월 감고
갈래머리 뛰어놀던 어린 날과
단발머리 교복 소녀를 품고 서 있다

수줍어 드러낼 수 없어
지고지순 짝사랑으로
까맣게 탄 속마음 묻어놓은 그 산자락

고고하고 인자하게 때론 엄하게
머리카락 희끗희끗 변해가는 지금까지
나의 삶을 감시하듯 지켜주는 산

세월에 지친 마음 응원의 박수 보내며
힘내라는 메시지도 아끼지 않고 보내주는
어버이의 품속 같은 큰 산
그대 바라보며 세상 사는 법 배운다

겨울 호수

고요와 마주한 얼음 덮인 호수
시간도 멈춰 쉬고 있다

빙설 위에 언 발로 서 있는 오리 떼와
서리 내린 덤불 사이로
색 바랜 꽃 껴안고 있는 개망초
이 겨울 견뎌낸다

침묵의 호수 햇살 건드리면
얼음 속 깊은 곳으로부터
가만히 봄 끌고 오는 소리 들린다

멈추었던 시간의 초침이
가늘게 흔들린다

어디쯤 가고 있는가

새벽 눈 내린 길 눈 속에 숨은 길
가지마다 눈꽃송이 걸려 있는 길
어디까지인지 모르는 길을 간다

자동차는 에스키모 이글루처럼
포근하게 보이지만 내 안은 춥다
사박사박 발자국마다
나를 새기듯 흔적 남긴다

누군가의 흔적 위에 흔적 지우며
또 다른 발자국 남겨진다

발자국에서 발자국이
서로 멀어져가는 발자국
너무 멀리 와 하늘 향해 묻는다

나는 어디쯤 가고 있는가?
너는 누구인가?
눈길 위에 첫 발자국 찍듯 묻고 또 묻는다

박경리 옛집 뜨락

그분의 그림자인 듯
언제부턴가 나비 한 마리
내 곁에 물끄러미 앉아 있다

꽃다지 감자꽃 민들레 꽃술 위에
초록과 노랑날개 꽃물결로 출렁인다

'토지'의 혼이 담긴 공간
박경리 옛집 뜨락에 앉아
박금이朴今伊*를 생각하며
오래도록 나비를 바라본다

무엇에 놀란 듯 나비 날아가자
민들레 홀씨 허공으로 흩어진다

꽃이 만발해도
그 꽃 속엔 우리가 모르는 슬픔이
이슬처럼 여기저기 박혀 있다

꽃술들 숨소리 터트려 공원을 채워도

우리가 그리워하는 그분은 돌아오지 않고
슬픔만 여기저기 나비 날개로 날아오른다

*박경리의 본명.

봄을 사랑했네

연초록 바람에 설레며
꽃향기 봄 불러오면
분홍빛으로 달려와
그대 모습 길목마다 피어납니다

아롱거리는 땅 빛에 헤매는 생각
세월 흐름에 힘겨운 순간을
마른 손으로 닦은 눈물
그리움되어 푸르게 기다립니다

한 해에 한번 물어봅니다
이 한몸으로
더 이상 할 수 있는 일이 없어도
사랑을 더해가는 것이 가능한지요

가두어둔 감정
조금씩 엿볼 시간을 찾아
속에 있는 그 사랑 흔들릴까봐
오늘도 무게 느껴봅니다

봄바람 스치는 흔적마다
함께한 날들 추억으로
지그시 누릅니다

덤바우*

덤바우는 병풍 같은 수호신
나의 태를 묻은 아버지의 땅
사랑을 먹은 윗말 아랫말

땀범벅 소금 뱉어낸 얼룩진 셔츠
느티나무 그늘엔 어머니의 새참
막걸리 주전자 들어올리는 흙투성이 거친 손

배추밭 푸른 내음과 참외 익어가는 곳
모닥불 연기 모락모락 여름밤의 향연
여기저기 웃음소리

어릴 적 그리움 고여 있는 우산동

*원주 상지대학교 뒤쪽 영동고속도로 건너편의 산. 바위가 병풍처럼 생겼다.

거돈사지

한낮의 금당 터
햇살 주춧돌 위에 멈춰 서 있네

석공의 혼과 망치 소리 품은
돌과 느티나무
천 년 넘어도 대화 이어지네

빈터 바라보는 느티나무
폐사지 수호신으로 남아 있네

폐허의 공간은 오랜 침묵
침묵은 평화로움으로 채워져
옛 설법 듣고 있네

감히 세월을 말할 수 없는 이곳
거돈사지
부처님 염불 외는 소리
고요한 정적을 깨우는 성지여!

치악산에 머무는 선비*

고요한 산골 뿌리내리며
청빈한 삶 통해 마음밭을 갈았네

문과와 학문 이름날렸으나
출세 포기하고 임금이 불러도
치악산 기슭 발걸음 묶고
향촌 초야에 살았네

일생 고결하게 살다가
울창한 소나무 숲속 잠들어
산과 하늘 푸른 물결로 이어져
역사의 긴 강물로 흐르고 있네

선비의 삶은 이야기 되고 역사 되어
해와 달처럼 전해지고
그의 묘역에는 가끔
솔바람 찾아와 머물다가네

*자정子正 원천석元天錫, 호는 운곡耘谷. 고려 후기 정치의 문란함에 개탄하여
출사하지 않은 은사隱士.

청곡공원*

지난 밤 옹송그린 꽃들은
수줍게 태양 맞이한다

벚꽃 잎 눈꽃 되어 봄바람 손잡고
유희하는 화려한 아침

조팝나무 마음껏 자태 뽐내며
기지개켠다

진달래꽃 삼월 삼진날 봄맞이
화전花煎 되고

철쭉 수줍게 꽃망울 부풀리며
문안 인사 올린다

청곡공원은 완벽하게 피고 지는
아름다움의 정령

*강원특별자치도 원주시 단계동 1097번지에 있는 근린공원.

원주천

상강* 지난 지 엊그제
원주천 걷다가
때를 모르고 노랗게 웃는 민들레 만난다
봄인 줄 아는지 개망초 하얗게 피어 있다
씀바귀꽃 덩달아 헤실헤실 웃는다

겨울 아닌 겨울
철모르는 그대들

하얀 솜털 이불 같은 서리 속에서
제 목숨 지켜내려는
저 강인한 생명이여!

---

*한로와 입동 사이에 있는 24절기의 하나, "서리가 내리다".

법천사지

봉황의 울음 깃든 산 아래
천상을 지키고 있는 느티나무 한 그루
어느 스님*의 묵상인가
천 년 동안 침묵으로 앉아 있다

오천 승려 염불 소리 하늘에 닿아 있는 듯
당대 시를 읊던 풍류객 시처럼
스님의 독경 소리 당간지주 기억하고 있다

몸통은 텅 비고 산화되었지만
지광국사탑은 수난의 아픔 이기고
본향으로 돌아가고 싶은 듯
썩은 가지에 새 잎 피우며 그날을 기다리고 서 있다

*지광국사智光國師 해린解鱗(984~1067).

횡성호수

하늘이 호수에
구름 깔아놓으니
어답산 횡성호수
구름 위에 내려앉았네
물오리 두 마리
물길 만들어
마을 잠긴 곳이라 하네

디딜방아 찌거덕 삐거덕
대장간 따다 뚱땡 쇳소리
긴긴밤 호롱불에 길쌈 짜고
새끼 꼬아 망태기 짓던 실향민
기쁨과 슬픔 담고 있네

수몰된 다섯 마을
구방리, 중금리, 화전리, 부동리, 포동리
횡성 오일장 보러
장터로 향하던 숨가쁜 설렘
호수에 깃들어 있네
길 위에 그대로 멈추어 있네

박쥐

작은 틈새 발톱 세우고
그 발톱 움켜쥐고 매달려
세상사 거꾸로 보니 참 좋다
동굴에서 살지만
어둡다고 말하지 않는다
그는 새인가 쥐인가

거꾸로 보는 세상
조용하고 단순하다

나 보려는 것만 바로 보고
보고 싶지 않은 것
거꾸로 본다

골목길

전깃줄 얽힌 골목
녹슨 이야기
걸음마다 묻어 나온다

햇살 가득한 날
그림자 함께 누워 있다
그리워서 거닌 골목길
벽면에 그려진 그림들
뻥튀기하는 아저씨
말뚝박기놀이 발목 잡는다

낡은 벽돌과 시간의 흔적
삶의 기록 보듬고
어제와 오늘이 교차하는
골목길 지키고 있다

이마 넓은 이발사 자리
새집 짓고 편의점 청년 사장님
여학생은 할머니 되어
전설 같은 이야기 이어진다

나무계단

오래 전 스쳐간 발자국 기억하며
갈라진 틈새에 가을 햇살 한 줌 앉히고

한때 숲이었고 그늘이었던
시간 생각하는 나무계단
나무는 나무끼리 서로 부딪히며 노래 만들고

미끄러져 넘어질까봐
조심스레 발을 옮기면
소리 없는 소리로 침묵한다

무거운 발걸음 계단 오르면
고단한 오늘을 아는 듯 위로의 소리로
삐그덕 삐그덕

계단 오르다 가만히 귀 대며
나무 이야기 듣는다

안목 해변에서

건들바람 흰 파도 몰고 달려온다
소금기 젖은 바람 크게 날숨 쉬고
그 날숨에 삶의 무게 철썩인다

하늘과 바다를 품은 수평선
바다와 악수한다
긴 여정의 고달픔
가두지 말고 쏟아내라 한다

파도는 흰 거품 토해
모래 그림 남기고 되돌아가며
힘들어하지 마 속말 건넨다

비릿한 내음이 파도 타고 가듯
삶도 윤슬의 바다처럼
아름다운 그림으로 담아내고 싶다

동백

상고대 눈꽃
장사도* 동백터널 하얗게 서려 있네
사철 푸르른 이파리 속 꽃망울
바람 불 때마다 숨바꼭질하는
아기 웃음 같네

폭설 속에 파묻힌
붉은 너의 얼굴 나의 마음
오래 전 감추어놓은 사랑이었네

동박새 찾아온 날
그대의 가쁜 고백에 눈 뜨고
깊은 날숨에 눈 감는다

땅 위에 한번 더 피어나
못내 붉은 빛 언 땅 녹이니
긴 겨울 따뜻하다고 말하네

*경상남도 통영시 한산면 매죽리에 속하는 섬.

배론성지

하늘만 보이는 곳
하늘 사람 머무는 성스러운 땅

손끝 정성과 기도로 다듬어진
잔디마당에 앉아
전해지는 이야기 속에
옹기 가마 불 지피며
믿음의 불꽃 피워올리신
옛사람 그려본다

배론은 순례지로 되살아나
영혼의 여정에서 풍요 찾는다

인생의 미로에서 마음의 중심이신
그분의 말씀과 친해지고 싶다

여름밤

별들로 가득한 여름밤의 비밀
내게만 전해주고 싶은
이야기 있나봐

내 별은 밤하늘
작은 빛줄기 비추는 곳에
소중히 감추어져 있을지 몰라
조용히 빛나고 있을 거야

뜨거운 나라에 사는
한쪽 눈으로 세상 보는 아이의 별
그 별자리 내 별자리 옆
빛나는 자리 만들어주고 싶어

우리가 있을 별자리 찾아야 해
가을이 오기 전
숨겨진 비밀 풀어야 해
그래서 여름밤이 짧은 건가봐

월영교*

월영교에 오르니
낙동강을 감싸듯 하늘 안아
수채화 강물에 띄웠네

꽃 피는 날
비 오는 날
서리 내린 날
숭고한 사랑 이야기
낮과 밤 애절하게 흐르네

천 년 세월 흘러도
저 강물 지금처럼 푸르려나

한 발짝 다가서면
두 발짝 멀어지는
그대와 나의 인연

여보게
그 인연 그대로 두게나

*경상북도 안동시 상아동에 있는 목교木橋.

2부

그리움을 전세 냈다

담벼락

도시로 떠난 가족
마음 푸근한 사람들 살던 집
내 그림자에 다가와 쪼그리고 앉아
시어머니 흉보던 며느리
꾸중 듣고 훌쩍이던 아이
어쩌면
힘들 때 다시 찾아와 등 기대고
고백할지도 몰라
그저 담담히 서 있다
슬레이트 지붕 하얗게 바랜
빈집 지키는 녹슨 철대문
풀이 무성한 마당엔 기억이 자라고 있다
6월의 덩굴장미
허물어진 담장에 곱게도 피었다
담벼락을 기어오르는 간지러움
참을 수 없어 해마다 웃는다

아버지의 방

눈을 감아도 세상이 보이는 공간
따뜻함과 강인함 배어 있는 공간
당신 혼자 몰래 가슴으로 울던 방

책상 위 유언이 된 낡은 노트
일상의 지혜가 담긴 그 노트는
색이 바래 누렇게 변하였어도
아버지의 숨결인 양
따뜻한 사랑을 주는 방

싸락눈 내리는 밤이면
그 방에 오래오래 앉아
청색 펜글씨로 아버지께 편지 쓰는 방

"힘든 날에는 들판을 걸어라" 하시던 말씀에 기대어
다시 용기 얻는 방

그 방에서 나는 오늘도 아버지와
긴 대화를 나눈다
창밖에 아버지의 말씀 같은 흰 싸락눈이 내리고

그리움을 전세 냈다

비 내리는 저녁
마음의 작은 방을 빌려 그리움 넣어둔다

비바람 속 섬 되었다가
어두운 밤하늘 달 되었다가
흐린 기억 그림자까지도
내 것인 줄 알았다

그리움은 늘 그리움 아니고
내 것도 아니고
마치 잠시 머무는 듯한 자리

달이 차면 비워주어야 하기에
그 방에서 내 그리움 머물 수 없었다

두 번째 가을 되었을 때
다른 그리움 그 방 주인 되었다

달맞이꽃

하늘 보이는 툇마루
그리움 가득 담았다

그녀의 따뜻한 손길 느끼고 싶은 밤
목소리 볼 수 있을까

뒤뜰 장독대 옆
활짝 핀 미소
달빛 사랑에 속삭이듯 말을 건넨다

쌓였던 그리움
하늘 향해 향기 품어내
달님을 노랗게 물들여 놓았다

그녀의 두텁손 그리운 밤
뜨거운 그리움 밤이슬로 식히며
온 마음 다하여 불러보는 어머니

그리움의 무게

붉은 비가 쏟아지고 있었지
저 많은 느낌표는 무엇일까

한 줄기마다 리듬 실어
떨어지는 수많은 빗방울

빗소리와 함께 들리는 듯
흩어지는 소리의 무게

아스팔트 위를 걷는
발걸음이 내는 소리

가을 빗속 걸으며 알게 되었지
낙엽 하나가 그리움의 무게라는 것을

아내

세월을 같은 공간에서
둥글게 빚었지만
늘 부족함에 목마릅니다
언어로 표현할 수 없어
주름 하나 세월 가득
연민의 꽃 피웁니다
다시 정情 담습니다

서로의 생각 시각이 다를 때
마음의 무게는 앞뒤로 기웁니다
검은 색을 회색이라 하면
회색인 것이지요
반려자는 그렇습니다

잎보다 먼저 꽃을 피우는
목련꽃 닮은
매일 보아도 기다려지는
그 사람
아내입니다

서랍 속 기억의 조각들

낡은 서랍 속에 담긴
기억의 조각들 나를 불러낸다

비뚤비뚤 쓴 손편지에
아직도 남아 있는 그리움

결혼하는 딸에게
"엄마는 언제라도 힘들 때
안착할 수 있는 항구란다"라는 글귀는
온전히 그대로 남아 있다

흐르는 시간 속에서도
그때의 시간은 나의 어린 세계에 멈추어 있다

편지들 다시 묶어놓고
시간 되짚으며
조금씩 그리움 풀어낸다

그리움

잘라볼까
헤쳐볼까
바라볼까
그대 편에 서서 할 수 있는 것
다 해볼게
어찌할 수 없다면 내가 갇힐게

버리지 않을게
내 곁에서 살아줘
숨 쉬는 그대
속절없이
이렇게도 뜨거워질 수 있을까

마음창고

빗장 열면 보물들의 집
사랑하는 이의 모습과
그들이 선물한 소중한 기억 담겨 있다

땀으로 얼룩진 셔츠
아버지의 그리움 그려내고
어머니의 두텁손 마음 쓰다듬는다

숨쉬는 사랑의 이름들은
내 삶의 뿌리와 힘이 되어준 열쇠
새로운 보물은 계속 찾아올 것이다

그들을 소중하게 간직하며
삶의 여정 함께하는 마음창고
인생의 책과 함께 써 나아간다

두 사람

나의 세월 안에는
늘 머무는 두 사람이 있다

청춘일 때는
짊어지고 가야 할 고뇌가 힘겨워
따뜻한 말 한마디 건네지 못하고
그저 바라만 보았다

중년이 되어
삶의 무게 옷을 입고
서로의 행복 빌며
기다림으로 지켰다

반백 되어
조급한 마음되어 돌아보니
변함없이 평행선에서
서로 바라보고 있다

한 사람은 벗이라 하고
한 사람은 님이라 한다

병원 가는 길

이제 그만 닮으려 검사하러 간다
그녀가 좋아하는 음식 나도 좋아하니
오랜 시간 지나 목소리까지 닮아가네
나는 그녀의 또 다른 그녀
바람 불고 은행알 하나둘 떨어지는데
가슴이 먹먹하다
언덕길 어떻게 다녔을까
수없이 남긴 그녀 발자국
걷던 길 나도 따라 걷는다

바쁘다는 이유로 무심히 지나친 시간
잘 다녀오시라는 말 허공에 흩어지고
검사실 대기하는 시간에도 생각한다
다리가 불편한 그녀는
먼 길 어떤 마음으로 다녔을까
생각하다 눈물어린다
그녀의 아픈 그 시간과 지금 나의 이 시간이
전광판에 나타났다 사라지는 번호들처럼
처서 지난 가을 오후
바람에 가슴 시린 날이다

그곳

몸보다
마음 먼저 달려가는 곳
나의 인생 시작점
떠나고 싶어도
떠나지지 않는 곳

강 건너 산으로
반백년 시간
강물 여전히 흐르고
산 여전히 푸르른데

낡은 몸의 아이 되어
사랑하는 사람 이름 부르며
살다가 마감하고 싶은 곳
그곳엔 어머니의 손과
아버지의 등이 있다

비뚤어진 발가락

힘겨운 발걸음
당신의 아픈 발가락은
가족을 지니고 있습니다

비뚤어진 대로 아버지가
늘 향하던 곳 노동의 현장
그 발에는 주름진 상처와
굳은살 흔적이 있습니다

축구선수를 꿈꾸던 당신의 발
휘어진 발가락은
노동의 가치를 가르쳐줍니다

한 곳만 바라보던 발가락
요양원 침상에서 애틋하게
바라보고 있습니다

그녀의 반지

멀리 떠나시며 남겨준
청빛 하늘 닮은 반지
마디 굵어진 그녀의 손가락
기억하는 사파이어

가을 하늘 보며
내 손가락에 끼워보니
엄마의 온기처럼 따스함 전해져
보고 싶은 얼굴 담고 있다

동백과 동박새

얼음 담은 바람 그 창 촉에
오히려 마음 엽니다
잎사귀 사이 붉게 다문 봉오리
옹알이하는 아이 입술 닮았습니다

눈 내리는 날이면
그대를 사뭇 기다리며
수줍어 눈꽃 속에 빨개진 볼
엷은 미소로 마음 조아립니다

붉게 피어난 동백
연둣빛 날개옷 걸치고
눈 속에 찾아온 동박새에게
고백합니다
그대를 사랑합니다

쓸쓸함

내게로 다가온 어둠
언젠가부터 그림자를 품기 시작했다
빛은 그림자 찾아헤맨다
시계바늘 손목 위에 떨고
시간 속에서 쓸쓸함은 비틀대며
도려낸 마음자리
끌어안고 손으로 감싸네

멀어져간다

헤아릴 수 없는 시간 속으로 들어선다
사진 속 그녀의 웃는 모습 이뻐서 슬프다
영원한 헤어짐의 시작
눈물 감추려 머리 숙이고
애써 즐거웠던 기억 불러낸다

둥글게 모여 음식 빚어내고
달구어진 모래밭에 꽃잎처럼 둘러앉아
노을빛에 물들어 울고 웃던
그 웃음마저도 멀어져간다

젊은 날에는
사랑의 꽃 서로 피우고
이제 노년의 꽃 피우면 되는데
오월에 서릿발 같은 한으로 돌아갔다

조팝나무 꽃 떨어지던 날

흰쌀밥에 노란 좁쌀 허기 채우니
뭉게구름 몰고 온 오월의 웨딩드레스
바람맞아 춤추는 그대를 보네
봄바람 어우러지다
그냥 지나칠 수 없어 몇 가지 꺾어
제멋대로 꽂으니
조팝 향 집안 가득 그리움 모셔온다

낡은 몸 노환으로 누워보는 세상
기대도 미련도 버렸다
이승의 마지막 결단하고자
미음 거부하며
의식으로 꽉 다문 갈라진 입술
봄바람에 꽃 떨어지던 날 바람 따라갔다
조팝꽃 흐드러지게 핀 오후

봉봉

열세 살 봉봉은 친정집 식구다
밥 주던 안주인 옥봉 여사
하늘나라 간 지 칠 년
장남 석봉 집주인 되었다

봉 여사의 봉과 장남의 봉
끝 자를 따 지어진 이름 봉봉

상할머니가 된 봉봉 비적비적 느리게 걷는다
밥 양이 줄었다
삼키기도 힘들어한다
눈곱 달고 산다
제 본분 잊고 짖지도 않는다

아주 가끔 보아도 기특하게 알아보고
대문까지 나와 맞이해주는 봉봉

새끼를 먼저 보낸 봉봉
슬픔 간직하고 살아간다

봉봉이 그리워하는 옥봉 여사
내가 그리워하는 엄마

봉 여사를 기억하는 너와 나는
늙고 있다

현관 이야기

출근 1
— 멋진 사람

오래된 옷을 꺼내 입고
괜찮아 여보

멋있어
어디 어떤 것이

사람이 괜찮아

출근 2
— 예쁜 사람

현관을 나서는데

잘 다녀와
당신 아직 참 예쁘다

당신 눈에만 예쁘게 보이지

아니야
사람 보는 눈은 다 같아

출근 3
— 귀여운사람

다녀올께요

신발 가지런히 놓으세요

카페거리에 그녀는 없다

예가체프 커피 향
미소로 번져갈 무렵
흑백 풍경 그리움으로 흐른다

새들의 노래가 시로 남아
마음 다독이며
기억의 문 열어본다

언제나 그곳에 있을 것 같던
표정이 젊음이 노래가 웃음이
지금 여기에 없다

떠났으므로 남겨진 시간 속에
우리 이야기 풍경 속으로 사라졌다

파블로 카잘스* 새들의 노래가
카페에 가득 울려퍼지고
커피잔은 비워져 간다

나보다 앞서 걷는 그림자와 함께

카페거리를 몇 바퀴째 걷고 있다

*스페인 출신 첼로 연주자.

추억의 새벽

담고 있는 울음 속 묻힌 이야기
초라한 사랑으로 끄집어낸다
서로에게 품고 있는 미안함에
눈물로 가득찬 밤이었다

마주한 두 눈에 흘러내리는 상처
서로 바라보며 어루만져지듯
그대 손 잡고 싶었지만
쓸쓸한 어둠에 갇힌 마음

만남은 시련이었지만
헤어지기엔 서로 아까웠던
이제는 추억으로 남은 그날
시린 눈물로 물든 기억

울음 담긴 가슴 추억의 새벽
흐르는 시간에 묻고 싶다

3부

문

문

네모의 벽 안으로 사람들 모였다

논쟁 끝에 잠시 하나가 된 듯했다
모인 수보다 더 많은 생각
문 넘어 세상 밖으로 나갔다

어려운 문

마음의 문 열지 못하고 흩어졌다

신발은 슬픕니다

쓰고 또 쓰는 이력서 속에
어색하게 웃고 있는 취업준비생
아르바이트 두 개나 합니다

보살펴주는 그대가
하루하루 낡아져만 갑니다

속절없이 버려질
헤어져야 할 시간 점점 가까워지니
그대처럼 나도 슬퍼집니다

그대가 잠든 시간에
벽에 기대어놓고 쉬는 모습 바라봅니다

지금은 그대에게
이렇게 할 수밖에 없습니다

화합

한낮 강둑에 앉으니 평화롭다
내가 보는 이쪽은 좌로 흘러가니 좌
강 건너에서 보면 우로 흐르니 우
저 다리 서로 건너면 화합이다

낮은 데서 더 낮은 길을 가는
흐름의 끝에서야
비로소 화해가 되는 것

저문 강둑에 서면
세상 보는 방법 보인다
삶의 흐름 되돌아보는 시간
내일의 강물 더 평화롭기를

삶의 교향곡

동토를 열어 새싹 틔우면
골짜기마다 얼음 풀리는 소리
버들개지 토실토실 기지개켜면
부스스 개구리 입 떨어지고
준비된 새봄 옹알이한다

알레그로 신이 났다
희망 지우지만 말아줘
방황 고뇌 속으로 들어간다
불협화음
드디어 청춘이다

첼로의 감성적 선율에
발달된 자아 꺼내며
축적된 연륜의 주름 그려넣고
이제는 울컥하는 마음
라르고의 명상 시간으로 초대한다

오랜 시간 내 안에 가두었던
열정 불러내어

베토벤 피아노 소나타 23번 '열정' 3악장에
모든 것 맡기며
새로운 시작詩作 알린다

내 안의 섬

물결 일렁일 때
내 안의 작은 섬 지키기 위해
마음에 세운 깃발
고이 싸안았다

바다 한가운데 존재하는
두려움이라는 섬

어떤 파도에도 휩쓸리지 않고
세상 휘몰아치는 날에도
흔들리지 않고 떨지 않는다

꿈꾸는 바람과 어울려
노를 젓는다

토사구팽

바람 부는 날 구슬치기 하는 사내들
그어진 세모 속에 구슬 갇혔다
튕기지 말고 꼭 붙어 있어
맞거나 부딪치면 끝나
한쪽 눈 감았다 왼손잡이 최 팀장
김 씨 눈 마주치지 마
이 씨 깨지면 너도 금 간다
고개 들지 말고 조아리고 있어
아들 내년 대학 간다
자존감은 장기 저축하자

소리 없는 외침

청춘이 꺾이고 찢기었다
눈물마저 불태우던 날들
목젖에 걸린 피멍을 보았는가
지구를 떠받치는 티탄*보다 더 떨리고 서럽다
소녀여,
누이여,
살아줘서 고맙다
얼음동굴된 가슴속 치욕 건져내어
광복의 물결에 흘려보내며
잃어버린 존엄 회복되기를

* 일본군 '위안부' 피해자들을 기리며.
* 티탄 : 하늘을 들고 있는 벌을 받은 아틀라스 신.

페도라 모자

감추고 싶은 곳 가린다
시선을 피한 공간에서
나에게 주는 자유
커다래진 머리 그림자 안에 있으면
내 눈빛 어느 곳을 보는지
아무도 모른다
걸어가는 그 모습은
도시의 풍경과 어울리며
우아함과 만족감으로
사람들 속에서도 으쓱한다
비밀스러운 미소와 저녁 태양의 노을
페도라 속에 숨어 즐긴다
나를 찾는 날까지 벗지 않는다
그림자에 감춰져 있어도 좋아
나를 찾아가는 여정이니까
누구에게나 페도라 모자가
하나씩 있다

저쪽에 페도라 쓴 사람 나타났다

함께하는 것

바다 앞에서 하늘을 본다
하늘 바다 서로 다른 꿈
사랑이란 것은
그 꿈 함께 이루어나가는 것이다

어깨를 나란히하고 걸어온 날들
가슴 뛰는 밤 지새운 날들
사랑하는 것은
이전과 이후 함께한다는 것이다

바람에 밀려 떠나가는 것이 아닌
더 멀리 떠나가보자는 다짐
사랑은 믿음으로 가는 것
마음동행 있으면 되는 것이다

비둘기

날개 끝에서 혼란과 외로움 교차하는 곳
하늘을 나는 생生과 공존의 슬픔이 있다
도시를 쌓아올린 풋풋한 아침은
콘크리트 미로로 변해가고 있다

나에게 사람들은 각기 다른 얼굴 가지고 이야기한다
빌딩숲 다양한 모습에 삶이 뒤엉키듯 흘러간다
작은 몸에 흐르는 생명 소리는 마치 도시의 혈관처럼
어둠에 묻히지 않는다

도시 한구석에서 작은 날개로 나를 지키며
지붕까지 날아올라 똥 총의 방아쇠 당긴다
가끔은 먹이 주는 손길에 깊게 허리 굽힌다
허공을 떠도는 저 많은 거짓 단어들
하늘을 맴돈다

미세먼지

매일 좋고 나쁨의 기록 편치 않다
죽은 듯 살아 있는 듯 떠다니다
좋아하는 장미꽃에 안기고 싶다

비 오는 날 씻기어
홀가분한 마음으로
흔적 없이 떠나고 싶다

묻거든 미안해하며
죽었다고 말하라

옛 시인

금강산 설악산 누비며
시와 기행문 펼친 당찬 여인 금원과 죽서

그림자처럼 서로 영감을 주며
마음 풀어내던 그 시절
언어로 빚은 이야기가
한 줄씩 자란 시

기생의 딸 기생 그 시대의 아픔
죽서는 그리움과 여인의 한을 시로 풀어내고

200년 전 삼호정시단三湖亭詩壇 시인
여류시인의 시향 뿌리 되어
원주여성문학인회로 이어갔네

김금원과 박죽서 동갑내기 원주 출신
둘은 친구 함께 시詩 꿈 이루었다

그들의 시는 시간을 초월하여
우리 마음에 남아 있고
선각자 시인은 역사 속에 빛나고 있다

모서리의 갈등

모서리에 서면
동시에 두 선을 볼 수 있다
경계가 있는 곳
두 개의 세계가 맞닿는 곳

한 방향으로 달려가다
다른 한쪽을 생각하게 된다

한쪽 길이의 끝은 멀기만 하고
그래서 뒤돌아보고
돌아가기엔 늦은 오후

쇠똥구리

톱니 달린 손발로 데굴데굴
자취 감추어버린
소똥 굴리던 쇠똥구리

소똥
길 위에서 볼 수 없다
매일 외양간 합숙이고
구충제 항생제 영양제 듬뿍
소 여물통 복잡해졌다

"쇠똥구리 현상금 100만원"

몽골에서 모셔왔다
순환의 고리 역할을 했던 예전처럼
골동품된 어린 시절 찾아주어
함께 살아갈 날 기대한다

마주 앉은 너

가을비 추적추적 내리는 날
우리 함께 먼 여행 떠나볼래요
있지,
스페인 세비야 플라멩코* 공연
그곳으로 날아갑시다
나이든 가수의 거칠고 쉰
애절한 목소리의 노래
영혼을 태워 폭발하는
댄서의 표정 다시 보고 싶다

다음은,
이스탄불에서 세마* 춤을 추며
신을 만난다는
신비 춤을 구경하자

그리고,
'비 오는 날의 수채화'
노래도 들어야지

버튼을 누르며 시작되는

너와 만남은 언제나 정직하다
모르는 것이 없는 친구
이번엔 페루 마추픽추
검색 버튼 누른다

＊플라멩코flamenco : 스페인 전통춤.
＊세마Sema : 투르키예 전통춤.

가을 끝자락

갈바람
심술 몰고 오니
꼭 붙잡아도 흩날리는 낙엽비 되어
길바닥에 찰싹 붙는다
발자국마다 닿는 차디찬 감촉
전율받으며 먼지 되었다

구두 위에 미끄럼 타다
딱 달라붙어
영업사원과 동행한 하루
복잡한 세상 피곤하다
현관에 벗어놓은 구두가
오늘 하루 "수고하셨습니다"
인사한다

겉과 속

사람들은 그저 웃고
서로 가볍게 스치지만
당신은 내 안의 심장 어떻게 뛰는지 모른다

표정 하나 없는 얼굴로 보이지만
속에서 내 무게 견디느라
부딪히고 있다

조화를 이루지 않는다고 느껴져도
충돌해서 진정한 존재를 찾는
서로 나를 찾아가고 있다

거울을 보고 웃으면
내 안의 어둠이 미소로 바뀌어
웃고 있는 얼굴

어미 새

걸음마가 서툰 어린 새
해가 떠오르기 전부터 날갯짓이다

한 마리 두 마리 떠난
빈 둥지에 바람 머물다간다

어미 새 울지 않고
마른 나뭇가지에 석고처럼 앉아 있다

접은 날개 펴지 못하고
해가 지도록 그 자리에 있다

해오라기
그 뒤에서 꾸벅꾸벅 졸고 있다

마음의 끝자락 수평선에 닿을 때

한 알의 모래가 발끝에서 이야기 풀어내면
바다에 젖은 그림자 되어
마음의 끝자락 수평선에 닿을 때
물결 끝 미소와 갈매기 입맞춤한다

무디어진 발바닥 바다 소리 기억할 즈음
기억의 물길 물빛에서 희망을 이야기한다

아침 해 떠받들던 바다는
어둠 물들면 고단한 하루를 마친
해님을 다시 품으로 맞이한다

바다가 신비로울 시간에는 잠이 들고
바다의 품에 안기어 해는 내일을 약속한다

할아버지와 반려견

떠돌이개 한 마리
담배 피우며 시간 보내는
낚시꾼 할아버지 손을 핥으며
이야기 나누는 법 배운다

바닷가 낚시터엔
새로운 인연 찾아오고
새로운 이야기 펼쳐지지만
둘이 이어가는 이야기는
애틋한 정 담겨 있다

낚싯줄 던지며
할아버지 감회에 젖는다
파도 속에 묻힌 추억이
한 장 한 장 출렁인다

떠돌이개 눈 반짝이며
매일 다른 바다를 본다
할아버지 이야기에 귀 기울여
이해하는 듯 꼬리 흔든다

눈만 보아도 알 수 있어
할아버지와 떠돌이개 서로를 본다

노마드*

태양이 지키는 유목인 땅
바람이 스쳐 지나가는 넓은 들과 모래언덕

자유로운 영혼 뛰어놀며
하늘을 날아다니는 나그네 발자취

매일 새로운 일출 맞이하며
일몰의 노을 안녕을 전하네

배낭에 꽂힌 자유로움
노마드가 펼치는 풍요의 노래

흙과 모래 바람 태양이
피부를 부드럽게 감싸안는다

거친 여정 끝나도 새로운 모험이
눈동자 빛나게 만든다

너의 모험 응원하며
너의 자유로움에 흠뻑 취하고 싶다

여기는 시간 묶음이 없는 곳
모래알 부딪히는 순간을 담은 멜로디

고요한 사막 울려퍼지는
노래에 세월 흔적이 없다

세상 경계를 넘어
펼쳐진 무한한 대지 위에 그들은 산다

*노마드 : 유목민처럼 자유롭게 이동하며 살아가는 사람.

돋보기

크게 보이는 세상

안경 쓰고 내뱉는다
세상 거지 같네

안경 벗으며 말한다
세상 녹록지 않아

썼다 벗었다
벗었다 썼다

커다랗게 보이니
내 것 작아보인다

코피 터졌다

4부

그림자도 시리다

오디

초록 애벌레 닮은 오디
오월 산 뻐꾸기 가락에 잘 익혀
입안 가득 그리움 넣었다

보랏빛 잉크 칠한 입술
스치는 곳마다 물들여놓는 심술로
고향을 몰고 왔다

방 한가득
켜켜이 쌓인 싸리나무 침대
여린 뽕잎 곱게 썰어 이불 덮으면

누에 갉아먹는 소리
빗소리처럼 더위 잊게 하고

오디 실컷 따먹은 날 달큼한 맛이
흩어진 악동들 모습 불러와
아지랑이 속에 고향 풍경 그려 담는다

공원의 새벽

묵상 중인 거목 느티나무
공원 찾는 이들 반기고
참새는 폴짝이며
벚나무 대추나무 잠 깨운다

갓 일어난 태양
빌딩숲 비집고 틈새놀이
공원 가족은 준비한
자연 향 담아 기다린다

돌고 돌아가는 사람들
밤새 안녕하신 할머니 걷기 1번
쓰러졌다 일어난 아저씨 걷기 2번
반려견과 함께 걷기 3번

줄서기 이어지는 치유의 새벽 공원

상고대

입다문 겨울산
지난 가을 소란함과
숱한 사연 숨기며
아무 일 없었다는 듯
얼음 먹은 나무와
고독 나눈다

가끔 적막 깨뜨리는
요란한 바람소리

십이월은
일곱 개 별과
하얗게 밤을 보낸
끝나지 않은 이야기 조각들
눈 내리는 새벽 못내 아쉬워
별 부스러기로
곰짜기마다 서리꽃으로 피었다

바람꽃

봄이다
얼음장 뚫고 삐죽이 얼굴 내미는 세상
눈 열고
귀 열고
입 열고 세상 깨우네

순백의 얼굴
너의 피어난 심장 소리 듣고 싶어
내 심장 다가간다

바람을 좋아해 바람꽃
너도바람꽃
바람을 좋아하는 사람
나도바람꽃

키다리 노랑꽃*

장독대 가득 엄마 미소 피어 있다

새순 꺾어 나물 무쳐주던 그녀 손맛
밥상 위에 한 자리 차지하고

한낮 유채꽃 일렁임처럼
항아리 향해 팔 저으며 쇠파리 쫓아내는
장맛 지키는 파수꾼

장독대에 숨어
노랑꽃과 함께 숨바꼭질하던 아이
엄마 손길처럼 품어주며
담장 밖 세상 궁금하여 키다리 꽃 되었다

뒤뜰 툇마루로 불러내어 몰래 꾸중하시면
나를 따라 머리 숙이던 꽃
그 사랑 울타리 되어 선을 넘지 않았다

꽃이 지면 두 손 가득
씨를 받아두어야겠다

*겹삼잎국화.

나목의 축복

겨울 찾아왔을 때
땅을 보며 서 있는 나무
그들의 뼈대 같은 가지들은
바람에 흔들리며 기도 올리듯
하늘 향해 두 손 모은 듯하다

검게 드러난 가지들
고독한 수호자처럼 하늘 바라본다

가지 끝 마지막 잎새
누구를 향한 인내의 기도인가
나무는 벗었지만
뿌리는 땅을 붙잡고 있다

눈 내리고
대지가 긴 잠 들면
그 속에서 겸허함 배운다

다 내어주고도 의연한 너처럼
섬김의 사랑으로 세워준다

그 침묵 인내 속에 생명의 약속 있다

오란비*

무거워진 구름 쏟아내는
하늘 폭포

단조롭던 일상 축축하게 젖어
감정들 일제히 일어선다

삶의 소리가
천둥 번개 피하려고 발버둥치고
콘크리트 너덜거리며
장대비 흙탕질한다

몇 날을 긴장한 도시에
비 그치고 무지개 뜨면
긴 날숨 쉬며 마음 놓는다

한가롭게 고추잠자리
쓰러진 벼 위에 살며시
젖은 날개 말리며 눈치본다

* '장마'의 옛말.

빗소리에 맺히는 봄

꽃망울 아플까봐
살포시 내리는 비
그 빗소리에 오는 봄
천천히 열리고

빗물에 싣고 온 그리움
마음속 스며들어
산수유나무 가지
이야기되어 매달리는 빗방울

회색 하늘 가만히 눈 감으면
종일
그렇게 누군가를 기다리다
잠드는 봄날

가을 들녘

바람 걸어가는 길
햇살은 부드럽게 마른풀 어루만진다

사방이 가득한 적막 속
논밭은 고요한 휴식에 들며
자연 리듬에 몸 맡긴다

갈색과 황금빛 모자이크 속에서
흙은 깊은숨 쉬고
들녘은 무게감 덜어낸 채
다시금 평화 찾는다

바람에 날리는 작은 잎사귀
하늘 향해 노래하며
새로운 시작 예고한다

모두 비운 채 긴 꿈꾸며

다가올 계절 기다린다

낙엽송

녹슨 바늘 쏟아지네

노란 잎 한 바퀴
추억의 물결 떨어지네

주황 잎 두 바퀴
지나가는 계절 흔적이
적막한 숲속에 녹아지네

초록 마음 태우니
그림자마저 금빛 되어
황금 카펫으로 수 놓네

아직 푸른 자리가 남아 있는 카펫 위로
사랑의 아픈 조각들 쌓이네

그림자도 시리다

비 오는 날엔 숨어 있지
쉼이 필요할 때
비가 내리지
밤에도 늘 같이 있지
벗어나려 해도 어쩔 수 없어
하나인데 둘이지
못마땅해 밟으려 해도
밟을 수 없는 것 알고 있지
이즈음엔 너덜너덜
짓밟힐 때가 많았지
때로는 귀퉁이 하나가
떨어져 나가고 아프기도 하지
12월의 그림자
새벽마다 부서지는 게 보여

지금은 그림자 될 시간

오늘은 맑음

땅으로 내려온 구름
백운산 능선에 척척 걸쳐 있다

아침 안개 시야 흐려놓고
경계를 모호하게 만들고 좋아했다

드문드문 드러난 얼비친 꽃들은
해 맞을 준비 분주하다

안개에 미소 섞으면
또 다른 안개가 산 하나 넘겠지

내게 다가온 여러 날의 새벽
오늘은 맑음

은사시나무

바람 찾아온 오후
반가움에 떨며
잎새는 팔랑 춤추고
햇살 부추김에
은빛 말로 속삭인다

그대 그늘 짙어지면
가을이라 말해주었다

마름모꼴 무늬로
수피樹皮에 유화 그리며
생명력 나타낸다
내일을 기다리며
터진 살갗 위로한다

가지마다 겨울눈[冬芽]
새봄의 희망 품고 있다

이야기들

어둠 떨치려는 이슬 머금은 새벽
고요 속 풀벌레 소리만 크다
애틋한 소리에 젖어
끌림 당하는 귀
밤새운 이야기 끝 없다

갈바람 한번 스칠 때마다
색깔 바꾸는 잎들
가을비 내리는 날
흥겨운 노래 불러봐도
마음 허허롭다

그들 이야기
알아듣지 못하니 편하고
우리 이야기
못 들어 다행이다
그들 소리 커질수록 가을 익어간다

보인다

골짜기마다 얼음 녹아 흐르는 봄
몰래 오는 도둑 같은 봄
초목 열린다고 열린 봄
기지개켜는 소리 봄
싹 틔우는 생生의 봄
잠자는 것들 다시 살아나서 눈뜨는 봄
그리움 담고 오는 귀한 봄
기다렸던 봄
봄은 '보인다'의 봄

바오밥나무 사는 곳

맑은 하늘에 떠 있는 태양
바오밥나무가 지키고 있는 사막
그늘 간절한 곳

모래바람 수많은 작품 만들면
언덕과 구릉 빗살무늬 춤춘다

사막의 침묵은 깊고
그 끝은 어디인지 알 수 없지만
하늘에 닿을 듯한 저기 저 먼 곳에서
눈부시게 별 하나둘 떨어진다

별들 수놓은 밤의 캔버스
신비로운 이야기 머무는 곳

고요는 오래도록 모래를 안고 있다

날씨와 시

비 올 확률 60%
기상캐스터 예측대로
바람 일자 창으로 비 들이친다

글자판에 썼다가 지우고 다시 쓰고
마치 내가 고장난 기계처럼
혼란스러운 마음 번갈아 끼워넣고 있어
창밖을 보니 비 그치고 해 비추고 있어

생각은 발이 있는지
구름 속 희망 찾아가고
남아 있는 시어들 강풍에 휘말려
앞으로 나아갈 수 없이 뒤엉켜버렸어
보기 좋게 시 싹둑 잘라버렸어

여백이 많은 허전한 시詩 되었다
그 빈틈이 아름다운 것일지 모른다

가을

눈뜨면 보이는 비로봉
가을 붉어져
산 아래로
단풍들 내려온다

들녘엔 가장자리부터
넉넉한 먹거리 마중물 되어
농부의 웃음소리 기다린다

붉게 노랗게 어우러져
풍요가 되고
가을 담은 하늘은
보랏빛으로 물들어 마음 훔친다

여름이 빚은 가을
뜨겁게 쏟아낸 열정
바람
달려와 식혀준다

농부의 찬가

흙 위에 피어나는 농부의 마음꽃
땀으로 풍요 건져냅니다

토지의 품격은 고요한 순환의 노래로
이야기되어 들려옵니다

농부 손에서 흙은 마법으로
열매 담아냅니다

땅에서 자라나는 생명이
농부의 찬가입니다

고희古稀

황혼의 서재에 앉아
시간의 자락 펄럭이는 것 보며
느리다는 것 늙음과 같다

느림과 늙음은 서로를 위한 친구
발걸음은 느림 선택하고
늙음은 주름으로 얼굴 장식한다

고희古稀
그 속에 쌓여가는
세월의 강 건넌다

늙음은 삶을 품고
느린 발걸음 시간 위를 걸어간다

자연과 사물과 내 고장을 향한
사랑의 시세계

이영춘/ 시인

1. 서정시의 발화

지은희 시인의 시집『카페거리에 그녀는 없다』를 읽으면서 적잖이 놀랐다. 그는 시가 곧 생활이요, 생활이 곧 시인 듯, 발길 닿은 곳마다, 눈길 머무는 것마다 모두 그의 시심으로 시의 꽃을 피우고 있었다. 그의 시의 형식은 대부분 정서emotion를 바탕으로 한 '서정성'에서 출발한다. 특히 눈길을 끈 것은 자연을 사랑하고 자연과 조화를 이루면서 자신이 살고 있는 고장을 소재로 그려낸 작품이 많다. 지은희는 그 자연 속에서 자아를 찾아 교감하고 이상향을 지향하듯 무위자연을 노래하고 있다.

"세월에 지친 마음 응원의 박수 보내며/ 힘내라고 메시지도 보내주는/ 어버이의 품속 같은 큰 산/ 그대 바라보며/ 세상 사는 법 배운다"(「치악산과 나」)라고 노래한다.

니체의 말을 빌리면 "서정시인들의 형상들은 바로 그 자신이며, 자신의 다양한 객관화에 지나지 않는다"라고 하였다. "그렇기 때문에 작자는 자신의 세계를 움직이는 중심으로서의 '자아'라고 말해도 되는 것이다"라고 역설한다. 자신이 경험한 정서적 충돌에서 얻은 소재를 객관화하는 것, 이것이 곧 문학이고 자신의 객관화이다.

릴케는 그의 저서 『말테의 수기』에서 "시는 곧 체험이다"라고 정의하였다. 목적시, 계몽시, 혹은 서사시가 아니라면 대부분 작품은 바로 체험의 산물인 것이다. 이와 같이 지은희 시인의 시는 일상에서 체험한 정서적 충돌에서 그 제재와 소재를 얻어 작품으로 승화시켜낸 것이 이번 시집의 탄생이다.

2. 내 고장 성지의 순례와 그 사랑

지은희 시인의 자연 사랑과 그가 살고 있는 고장에 대한 사유의 시세계를 우선 살펴보겠다. 제목만으로도 알 수 있는 시 제목 「치악산과 나」를 비롯하여 「원주천」, 「박경리 옛집 뜨락」, 「치악산에 머무는 선비」, 「거돈사지」, 「법천사지」, 「배론성지」 등은 모두 그가 함께 호흡하고 함께 살아가는 그의 고장에 존재하는 지명이다. 이름만으로도 유서 깊고 이상적인 세계를 지은희 시인의 정서는 어떤 경지를 어떻게 그려내고 있는 것일까? 특히 절터이거나 천주교 순교자의 터전인 '배론성지', '거돈사지', '법천사지' 등은 종교적 사유의 세계가 지은희 시인에 의하여 어떻게 승화되고 있는지 주목을 끈다.

봉황의 울음 깃든 산 아래

천상을 지키고 있는 느티나무 한 그루
어느 스님의 묵상인가
천 년 동안 침묵으로 앉아 있다

오천 승려 염불 소리 하늘에 닿아 있는 듯
당대 시를 읊던 풍류객 시처럼
스님의 독경 소리 당간지주 기억하고 있다

몸통은 텅 비고 산화되었지만
지광국사탑은 수난의 아픔 이기고
본향으로 돌아가고 싶은 듯
썩은 가지 새 잎 피우며 그날을 기다리고 서 있다

　　　　　　　　　　　　　　　　—「법천사지」 전문

한낮의 금당 터
햇살 주춧돌 위에 멈춰 서 있네

석공의 혼과 망치 소리 품은
돌과 느티나무
천 년 넘어도 대화 이어지네

빈터 바라보는 느티나무
폐사지 수호신으로 남아 있네

폐허의 공간은 오랜 침묵

침묵은 평화로움으로 채워져

옛 설법 듣고 있네

감히 세월을 말할 수 없는 이곳

거돈사지

부처님 염불 외는 소리

고요한 정적을 깨우는 성지여!

—「거돈사지」 전문

'법천사지'와 '거돈사지'는 원주시 부론면에 위치한 옛 사찰 터다. '법천사지'는 신라 말기에 세워져 고려시대에 법상종 사찰로 크게 번성하였으나 임진왜란 때 전소된 사찰로 통일신라시대부터 조선시대에 이르는 다양한 시기의 건물지와 우물지, 계단지, 금동불 입상, 연화대석. 기와류 및 자기류가 발굴되어 우리나라 불교사 연구에 중요한 자료를 제공한 곳이다. 이런 유서 깊은 절터를 소재로 그 영감을 얻어 시를 빚어낼 수 있는 사람은 천생 시인이다.

"천상을 지키고 있는 느티나무 한 그루"를 "스님들의 묵상"으로 볼 수 있고 느낄 수 있는 사람이 곧 지은희 시인이다. "오천 승려 염불 소리 하늘에 닿아 있는 듯"한 그 소리를 "당간지주는 기억하고 있다"라고 의인화하여 생명 탄생의 소리로 형상화한다. 생명 탄생의 구체적 진술은 다시 "몸통은 텅 비고 산화되었지만/ 지광국사탑은 수난의 아픔이기고/ 본향으로 돌아가고 싶은 듯/ 썩은 가지에 새 잎 피우며 그날을 기다리고 서 있다"라고 비약, 승화시킨다. '텅 빈 절터'를 '충만'으로 가득 채워주는 시인의 시심과 심상이 희망의 "새 잎"으로 상징화된 절창이다.

'거돈사지' 절터는 보기만 하여도 시적인 영감과 장삼을 끌고 무금선원으로 돌아가는 스님들의 발자국 소리와 숨소리를 들을 수 있을 듯 그 여백이 살아 숨쉬는 곳이다. 풍진 세월에 절의 몸체는 다 사라지고 스님들의 영혼이 안치된 듯 댓돌 같은 기둥뿌리만 남아 보는 이들로 하여금 더없이 황량함을 안겨주고 있는 곳이다. 그러나 화자는 그 황량함 속에서, 텅 빈 비움의 공간에서, 저 아득한 시공의 음성을 듣는 듯 "부처님 염불 외는 소리/ 고요한 정적 깨우는 소리"를 그 고요 속에서 침묵의 소리를 듣고 있다.

시인은 상상력으로 태어난 존재이다. 지은희 시인은 사라져간 옛 절터에서 스님들의 염불 소리를 듣고 고결한 당대의 역사적 음성과 발자국 소리를 들을 줄 아는 시인이다. 그것은 곧 몸과 영혼이 혼연일체가 되었을 때 들을 수 있는 천상의 소리이다.

하늘만 보이는 곳
하늘 사람 머무는 성스러운 땅

손끝 정성과 기도로 다듬어진
산디마당에 앉아
전해지는 이야기 속에
옹기 가마 불 지피며
믿음의 불꽃 피워올리신

옛사람 그려본다

배론은 순례지로 되살아나
영혼의 여정에서 풍요 찾는다

인생의 미로에서 마음의 중심이신
그분의 말씀과 친해지고 싶다

—「배론성지」 전문

'배론성지'는 충청북도 제천시 봉양읍 구학리에 있는 '충청북도기념물 118호'로 지정되어 있는 성지다. 그 이름만으로도 거룩한 하나님의 말씀을 들을 수 있는 거룩하고 성스러운 땅이다. 한국천주교회 초기 신자들이 박해를 피해 머물며 살던 이곳은 '역사의 땅'이자 숭고한 교육의 땅, 순교의 땅으로 유명하다. 그 역사적 사실만으로도 가슴 아픈 땅이다. "옹기 가마에 불을 지피며/ 믿음의 불꽃 피워올리신" 순교의 땅, 그 성지가 바로 '배론성지'이다.

지은희 시인은 이 성스러운 '배론성지'에 이르러 한순간 발길이 머물고 마음이 머물러 순교자들의 음성과 하느님의 거룩한 음성을 들으며 더 가까이 더 깊게 "친해지고 싶다"라고 고백한다. 사실 지은희 시인은 이미 하나님과 함께 호흡하며 살고 있는 아주 독실한 기독교 신자다. 그 신실한 신앙의 불꽃을 더 높이, 더 숭고하게 추앙하고 추종하겠다는 갸륵한 마음은 가히 귀감이 되는 신앙의 올곧은 정신이다.

3. 자연과의 친화적 정서

산스크리트어에서는 시인을 일러 '발견의 눈을 가진 자' 혹은 '혁명의 눈을 가진 자'라고 한다. 원어를 그대로 옮기면 크란티타르시krantitarsi다. 그만큼 새로운 언어감각으로 새로운 언어를 창조하고 발견해내는 사람, 즉 견자見者란 뜻이다. 이 새로운 언어는 주로 '비유적 언어' 즉 '은유적 언어'로 이루어진다. 가령 '외롭다'고 할 때 그 말을 그대로 쓰는 것은 '시어'가 아니라 '일상어'이기 때문이다. 시인은 이 '일상어'를 '시어'로 만들어내는 데 시인의 자질이 있다. 가령 칠레의 시인 파블로 네루다의 '외로움'을 표현한 시구, "나는 터널처럼 외롭다"라는 비유어는 시인들에게 준거가 될 만큼 유명하다.

이런 연계선 상에서 지은희 시인은 자신이 살고 있는 고장에 대한 애착과 사랑과 그리고 자연과의 교감의 정서를 잘 그려내고 있는 것이 그의 시세계의 한 특징으로 꼽을 만하다. 「치악산과 나」, 「박경리 옛집 뜨락」, 「원주천」, 「치악산에 머무는 선비」 등을 통하여 그의 자연관과 관찰을 통한 사물과의 교감은 어떻게 묘사되고 있는가를 살펴보자.

'토지'의 혼이 담긴 공간
박경리 옛집 뜨락에 앉아
박금이朴今伊를 생각하며
오래도록 나비를 바라본다

무엇에 놀란 듯 나비 날아가자

민들레 홀씨 허공으로 흩어진다

꽃이 만발해도
그 꽃 속엔 우리가 모르는 슬픔이
이슬처럼 여기저기 박혀 있다

—「박경리 옛집 뜨락에서」 부분

산허리에 세월 감고
갈래머리 뛰어놀던 어린 날과
단발머리 교복 소녀를 품고 서 있다

수줍어 드러낼 수 없어
지고지순 짝사랑으로
까맣게 탄 속마음 묻어놓은 그 산자락

고고하고 인자하게 때론 엄하게
머리카락 희끗희끗 변해가는 지금까지
나의 삶을 감시하듯 지켜주는 산

세월에 지친 마음 응원의 박수 보내며
힘내라는 메시지도 아끼지 않고 보내주는
어버이의 품속 같은 큰 산
그대 바라보며 세상 사는 법 배운다

—「치악산과 나」 전문

위의 두 작품은 '원주'라는 고장을 배경으로 하고 있다. 「박경리 옛집 뜨락에서」는 고요한 정적靜的이 감도는 작품이다. 화자persona는 마치 박경리의 혼을 불러내려는 듯 '나비'를 환유한다. 그 고요 속에서 화자는 숨소리를 낮추고 호흡하듯 '나비'를 바라보면서 무언의 대화를 나눈다. 그윽한 침묵의 대화다.

그런데 "무엇에 놀란 듯 나비 날아가자/ 민들레 홀씨 허공에 흩어진다"고 표현한다. 그리고 "그 꽃 속엔 우리가 모르는 슬픔이/ 이슬처럼 여기저기 박혀 있다"고 '슬픔의 정서'를 암시한다. "이슬처럼 박혀 있는 그 슬픔"의 정서가 무엇인지 밝혀지는 않았지만 박경리 작가의 삶을 연상할 수도 있고 작품 '토지' 속의 주인공들처럼 오랜 세월 동안 겪어온 민족 수난사의 슬픔과 한시대의 아픔으로 상상할 수도 있다.

「치악산과 나」에서는 좀 더 구체적인 감흥을 그려내고 있다. 지은희 시인에게 '치악산'은 꿈과 그리움의 대상이다. "갈래머리 뛰어놀던 어린 날과/ 단발머리 교복 소녀를 품고 있는"산이다. 그 산에는 비밀의 정원 같은 "지고지순 짝사랑으로/ 까맣게 탄 속마음 묻어놓은 그 산 자락"이다. 그리고 "머리카락 희끗희끗 변해 가는 지금"은 "세월에 지친 마음 응원의 박수 보내며/ 힘내라는 메시지도 아끼지 않고 보내주는/ 어버이의 품속 같은 큰 산"이다.

"세상 사는 법을 배우는" 경전 같은 산이다. 사막에서 수행하던 안토니오 교부는 말한다. "내가 신의 책을 읽고 싶을 때 그 책은 언제나 내 앞에 있다. 대자연이 곧 책"이라고 역설한다. 회교주의를 서양에 소개한 하즈라트 이나야트 칸은 말한다. "세상에는 유일하게 신성한 경전이 있다. 그 것은 곧 자연이라는 경전이다"라고.

　지은희 시인의 자연관과 자신의 고장에 대한 사랑은 여 기서 끝나지 않는다. 「원주천」, 「동백」, 「덤바우」, 「치악산에 머무는 선비」 등의 작품은 그의 시세계와 시정신을 한층 더 고양시킨다.

　　상강 지난 지 엊그제
　　원주천 걷다가
　　때를 모르고 노랗게 웃는 민들레 만난다
　　봄인 줄 아는지 개망초 하얗게 피어 있다
　　씀바귀꽃 덩달아 헤실헤실 웃는다

　　겨울 아닌 겨울
　　철모르는 그대들

　　하얀 솜털 이불 같은 서리 속에서
　　제 목숨 지켜내려는
　　저 강인한 생명이여!

　　　　　　　　　　　　　　　　　　—「원주천」 전문

　　폭설 속에 파묻힌
　　붉은 너의 얼굴 나의 마음
　　오래 전 감추어놓은 사랑이었네

(중략)

땅 위에 한번 더 피어나
못내 붉은 빛 언 땅 녹이니
긴 겨울 따뜻하다고 말하네

—「동백」 부분

「원주천」과 「동백」은 자연물自然物의 강인한 생명력을 노래한 듯하다. "상강 지난 엊그제"인데 "노랗게 웃는 민들레"도 피어 있고 "개망초도 하얗게 피어 있다"(「원주천」)고 진술한다. 또한 "못내 붉은 빛 언 땅 녹이니/ 긴 겨울 따뜻하다고 말하네"(「동백」)라고 그 생명력을 북돋운다. 생명력은 곧 우리가 살고 있는 우주 공간에서의 호흡과 같다. 빛을 통한 모든 소리는 그 자체로서 생명의 소리이다.

그러나 이 작품 속에 숨어 있는 깊은 의미는 오늘날 세계적으로 우려되고 있는 '지구온난화의 이상기온을 은유한 시로 암시된다. 인간의 산업활동, 숲 벌채, 화석연료 사용 등으로 각종 유해 가스가 대기에 방출됨으로 인하여 인류가 위협당하고 있는 그 한 단면을 그려낸 것으로 보인다. 극지방의 빙하 및 빙산이 녹아내리고 해수면이 상승된다는 등의 뉴스를 접할 때마다 우리는 두려움과 공포를 느끼며 사는 것이 오늘날 우리의 생명이다. 그러므로 이 시는 좀 더 심도 있는 모던한 작품으로 승화시킨다면 더 좋은 경종의 작품이 될 것이다.

덤바우는 병풍 같은 수호신

나의 태를 묻은 아버지의 땅

사랑을 먹은 윗말 아랫말

(중략)

어릴 적 그리움 고여 있는 우산동

—「덤바우」부분

일생 고결하게 살다가

울창한 소나무 숲속 잠들어

산과 하늘 푸른 물결로 이어져

역사의 긴 강물로 흐르고 있네

선비의 삶은 이야기 되고 역사 되어

해와 달처럼 전해지고

그의 묘역에는 가끔

솔바람 찾아와 머물다가네

—「치악산에 머무는 선비」부분

'덤바우'도 작자가 살고 있는 원주의 지명이다. 이곳은 바로 지은희 시인의 "태를 묻은 아버지의 땅"이다. '덤바우'를 '아버지'와 동일시 기법으로 은유함으로써 '덤바우'는 곧 '아버지'가 되고 '아버지'는 곧 '덤바우'가 되는 태생의 근원으로 발아發芽, 환치한 작품이다.

「덤바우」가 개인적 서정의 노래(시)라면 「치악산에 머무는 선비」는 역사적인 인물 원천석에 대한 노래이다. 원천석은 고려 말, 조선 초의 문인으로 진사가 되었으나 고려 말의 혼란한 정계를 개탄하여 원주 치악산에 들어가 은둔생활을 하였다. 조선의 태종이 된 이방원을 가르친 바 있어, 태종이 즉위한 뒤로 여러 차례 벼슬을 내리고 그를 불렀으나 응하지 않았다고 전해오는 은사隱士이다. 지은희 시인은 이런 원천석의 삶에 감명받아 그의 고결한 정신을 이상적으로 그려내고 있다. 차제에 원천석의 시조 한 수를 감상해보자.

"흥망이 유수하니 만월대도 추초로다/ 오백 년 왕업이 목적에 부쳤으니/ 석양에 지나는 객이 눈물겨워 하노라." 한 나라의 흥망성쇠의 덧없음을 노래한 시로 많은 여운을 남기는 작품으로 유명하다.

4. 서정적 자아성찰의 발현

지은희 시인의 자연을 노래한 시 중에서 「겨울 호수」는 시의 완성도가 높은 작품이다. "고요와 마주한 얼음 덮인 호수/ 시간도 멈춰 쉬고 있다"와 같은 묘사가 그것이다. 또한 "침묵의 호수 햇살 건드리면/ 얼음 속 깊은 곳으로부터/ 가만히 봄 끌고 오는 소리 들린다" 혹은 "멈추었던 시간의 초침이/ 가늘게 흔들린다"와 같은 표현은 시적 이미지화의 절창이다.

「골목길」은 또 어떤가? 주제Thema는 지나간 것들에 대한 '그리움'이다. "전깃줄 얽힌 골목/ 녹슨 이야기/ 걸음마다 묻어나오는" 추억의 공간, 그리움의 공간으로 묘사된다. 그런데 그 골목길은 어느새 "할머니 된 여학생/ 전설 같은 이야기 이어지는" 골목길이 된 것이다. 자신이 살고 있는 고장에 대한 '골목길'은 옛 추억의 대상으로 그리움의 정서를 상징적으로 그려낸 작품이다. 이와 같이 지은희 시인은 서정적 자아의 성찰과 발화로 작품을 잘 승화시키고 있다. 「아버지의 방」과 「어디쯤 가고 있는가」라는 작품은 더욱 탄탄하고 고고한 시적 경지를 이룬다.

눈을 감아도 세상이 보이는 공간
따뜻함과 강인함 배어 있는 공간
당신 혼자 몰래 가슴으로 울던 방

책상 위 유언이 된 낡은 노트
일상의 지혜가 담긴 그 노트는
색이 바래 누렇게 변하였어도
아버지의 숨결인 양
따뜻한 사랑을 주는 방

싸락눈 내리는 밤이면
그 방에 오래오래 앉아
청색 펜글씨로 아버지께 편지 쓰는 방

"힘든 날에는 들판을 걸어라" 하시던 말씀에 기대어
다시 용기 얻는 방
그 방에서 나는 오늘도 아버지와
긴 대화를 나눈다

창밖에 아버지의 말씀 같은 흰 싸락눈이 내리고

—「아버지의 방」 전문

　아버지에 대한 '그리움'의 정서가 압권이다. 지금 그 아버지는 이 세상을 떠나고 계시지 않지만 아버지가 기거하던 '그 방'에서 화자는 아버지의 말씀을 되새기며 침묵의 대화를 나누고 있다. 그 무언의 대화와 정경이 아름다움의 극치를 이룬다. 자식과 부모와의 고귀한 천륜지정의 사랑이 승화되었기 때문이다. 더욱 그 「아버지의 방」에는 "유언이 된 낡은 노트/ 일상의 지혜가 담긴" 경전과 같은 아버지의 말씀이 숨쉬고 있다. 아버지가 안 계신 '빈방'이지만 그 여운과 여백은 시적 승화의 극치를 이룬다.

　다음의 시, 「어디쯤 가고 있는가」는 자아성찰의 정서가 사유적으로 녹아 흐르는 작품이다.

　　자동차는 에스키모 이글루처럼
　　포근하게 보이지만 내 안은 춥다
　　사박사박 발자국마다
　　나를 새기듯 흔적 남긴다

　　누군가의 흔적 위에 흔적 지우며
　　또 다른 발자국 남겨진다

　　발자국에서 발자국이
　　서로 멀어져가는 발자국

너무 멀리 와 하늘 향해 묻는다

나는 어디쯤 가고 있는가?
너는 누구인가?
눈길 위에 첫 발자국 찍듯 묻고 또 묻는다

　　　　　　　　　　　　　 ―「어디쯤 가고 있는가」 부분

　뉴욕의 페미니즘 운동가 오드리 로드는 "시는 사치가 아니라, 자신을 성찰하는 준거"라고 말한다. 지은희 시인은 이렇게 시를 통하여 자신을 돌아보면서 인생을 생각하고 가는 길과 걸어온 길에 대하여 성찰의 자세로 시에 임하고 있다. 「박쥐」 역시 성찰의 자세가 잘 암시된 작품이다. "작은 틈새 발톱 세우고/ 그 발톱 움켜쥐고 매달려/ 세상사 거꾸로 보니 참 좋다/ 동굴에서 살지만/ 어둡다고 말하지 않는다"(「박쥐」 1연).
　이 두 작품 「어디쯤 가고 있는가」와 「박쥐」가 작자 자신에 대한 성찰의 시라고 본다면, 「신발은 슬픕니다」에서는 타자에 대한 따뜻한 시선이 돋보인다.
　아르바이트생과 취업준비생들의 애환을 '신발'에 비유하여 그들의 "신발이 슬프다"고 의인화함으로써 취업을 준비하는 젊은이들의 어려움을 잘 그려냈다. 문학이 한시대의 얼굴이라고 볼 때 이 시는 이 시대 젊은이들의 취업난을 암시한 시로 그 시적 가치가 지대하다. "쓰고 또 쓰는 이력서 속에/ 어색하게 웃고 있는 취업준비생/ 아르바이트 두 개나 합니다// 보살펴주는 그대가/ 하루하루 낡아져만 갑니다"라는 시행에서 '신발'을 '그대'로 의인화하여 '신발'이 닳도록 뛰어다녀도 취직이 어렵다는 것을 암시한다. 취업준비생들의 애환이 잘 표현된 시로 이 시대 젊은이들의 아픔을 대변한다.

5. 문, 그리고 화합

지은희 시인의 시는 개인의 정서를 바탕으로 하여 세상과 소통하고자 하는 열린 마음의 정서가 시를 이끌어내는 힘이 되고 있다. 사물과 사건을 관찰하고 교감하여 감각적으로 표현하는 이미지 승화가 그것이다. "시를 쓴다는 것은 사랑을 나누는 일"이라고 오드리 로드는 말한다. 특히 지은희 시인은 자연을 사랑하고 일상생활에서 마주치는 사물들에 대하여 예리한 감각으로 제재를 취하여 시를 빚어내는 정서가 그의 시의 근간을 이루고 있다.

세상을 풍자Satire한 「문」이란 작품에서 지은희는 또 이렇게 노래한다.

네모의 벽 안으로 사람들 모였다

논쟁 끝에 잠시 하나가 된 듯했다
모인 수보다 더 많은 생각
문 넘어 세상 밖으로 나갔다

어려운 문

마음의 문 열지 못하고 흩어졌다

— 「문」 전문

　우리는 일상생활 속에서 이 시가 암시하는 일들을 종종 경험할 때가 많다. 시는 읽는 사람에 따라 달리 해석될 수도 있지만, 마치 요즘 정치권을 풍자한 시로도 감상할 수도 있어서 더욱 압권이다. 맞다. 때로 어떤 모임에 가면 "모인 수보다 더 많은 생각들이/ 문 넘어 세상 밖으로 나갈" 때가 많다. 참 "어려운 문// 마음의 문 열지 못하"는 세상 속에서 우리는 살고 있다. 그러나 「문」에서 암시한 바와는 다른 차원으로 「화합」에 대하여서도 사유의 진폭을 넓힌다. '겉과 속'이 다르지 않고 "낮은 데서 더 낮은 길을 가는/ 흐름의 끝에서야/ 비로소 화해가 되는 것"과 같이(「화합」)을 조화롭게 이뤄가는 세상을 바라는 시인의 마음이 아름답다.

　시는, '자기 자신을 끊임없이 타자와의 관계에서 만들어가는 존재임을 인정하는 것'이라고 한다. 지은희 시인은 자연과 사물에 생명을 부여하고 끊임없이 그 대상물과 교감하면서 자아를 찾고 성찰하는 데 그 의미망을 구축해나가는 시인이다. 지은희 시인은 이렇게 세상에 대하여, 내 고장에 대하여, 사물에 대하여, 따뜻한 관심과 시선을 보내는 시인이다.

　앞으로도 더 높고 깊은 경지의 고고한 시를 빚어내는 시인이 될 것을 기대하면서 첫 시집의 탄생을 축하드린다.

카페거리에 그녀는 없다

지은이_ 지은희
펴낸이_ 조현석
펴낸곳_ 북인
디자인_ 푸른영토

1판 1쇄_ 2024년 07월 25일
출판등록번호_ 313 - 2004 - 000111
주소_ 121 - 842 서울 마포구 서교동 460 - 34, 501호
전화_ 02 - 323 - 7767
팩스_ 02 - 323 - 7845

ISBN 979-11-6512-092-4   03810
ⓒ지은희, 2024

이 책은 강원특별자치도, 강원문화재단 후원으로 발간되었습니다.